为六弦琴而作
影子的颂歌

[阿根廷] 豪尔赫·路易斯·博尔赫斯 著

林之木 王永年 译

上海译文出版社

目 录

为六弦琴而作

影子的颂歌

为六弦琴而作*

* 本诗集由林之木译。

序　　言

阅读任何一部作品都需要某种合作乃至于合谋。在读《浮士德》[1] 的时候，我们应该认可一个高乔人能够理解一部用他所不懂的语言唱出的歌剧的情节；在读《马丁·菲耶罗》的时候，我们应该认可一连串为表述政治意图而与当事者毫无关系的空话和牢骚，认可歌手精心设计的表达方式。

至于出自拙笔的这些歌谣，读者应该通过想象有一个人坐在自家的门槛上或者是在商店里怀抱吉他边弹边唱的情景来补上没法听到的音乐。手指拨动着琴弦，唱词的内容也就远不及那节奏重要了。

我有意避免了"探戈歌词"的那种哀哀戚戚的感伤

情调，以及会使朴素的民歌显得做作的生搬硬套的俚语鄙词。

依我看，这几首诗也就不再需要任何别的说明了。

豪·路·博尔赫斯

一九六五年六月，布宜诺斯艾利斯

1 阿根廷诗人埃斯塔尼斯劳·德尔坎伯（1834—1880）的诗剧，为阿根廷三大高乔史诗之一。作者于1866年看过歌德的《浮士德》演出后有感而作。作品假一个高乔人之口，表达了高乔人的思想感情和人生观。

关于两兄弟的歌谣

弹起吉他把歌唱，
唱唱刀光闪闪亮，
唱唱摸牌、抓子儿[1]，
唱唱跑马、发酒狂，
唱唱布拉瓦海滨，
唱唱牧道事无常。

一件往事堪称奇，
傻子也会有兴趣，
命运总难遂人愿，
谁都不会有疑义；

今夜我已有预感，
当从南方来说起。

恭请诸位听仔细，
伊韦拉氏两兄弟，
调情斗殴是里手，
逞能冒险数第一，
刀客队中真豪杰，
如今沉埋在地底。

狂傲不好贪心恶，
常常会使人堕落；
为人不可太好胜，
时时好胜惹殃祸：
弟弟凶蛮尤为甚，
杀人更比哥哥多。

---

1 一种用羊的蹄骨等为器具的赌博游戏。

哥哥胡安不服气，
心有不甘生妒忌，
忍让终有到头时，
于是设下狠毒计，
就在海滨布拉瓦，
一枪送他归了西。

沉着冷静不慌忙，
将他放到铁轨上，
火车可以造现场：
列车驶过人头失，
恰如事先所设想。

故事到此已讲完，
没有避讳没夸张：
亚伯还在受残害，
该隐仍然活世上。

他们如今都到哪里去了

升起又落下，落下再升起，
这已是太阳的运行规律，
就像昨天一样，院子里面
有一轮昏黄的月亮游弋，
然而，那永不停息的时光
对一切全都要打上印记：
勇敢的人已经不再有了，
而且没有留下踪影可觅。

曾经有人前去解救异邦，
曾经有人到遥远的南疆

去迎击印第安人的矛锋，
他们如今都在什么地方？
还有那些列着队伍开赴
沙场去厮杀征战的青壮？
还有那些在别的国家的
革命中出生入死的儿郎？

“不必感伤。在未来的岁月，
人们也必将把我们纪念，
在他们的心中，我们也会
变得威猛无比、奋勇当先。
贪鄙小人变得慷慨豪爽，
怯懦之徒变得果敢剽悍：
死亡是一种灵验的处方，
最能将人们的面目装点。”

穆拉尼亚曾在北方滋扰，
伊韦拉之流在南部为祸，

或是刀兵相加枉杀无辜，
或是荒郊野地频频出没，
他们确曾在这片土地上，
英勇不屈地顽强生活过，
未被非人的境遇所吓倒，
可是如今又何处是下落？

那么顽强有了什么用处？
那么潇洒有了什么结果？
时光将他们化作了乌有，
泥土将他们掩埋并吞没。
胡安·穆拉尼亚早就已经
忘记了怎样驾马和驭车，
我不知道莫雷拉死在了
洛沃斯或者是在纳瓦罗。

“不必感伤。在未来的岁月……”

关于哈辛托·奇克拉纳的歌谣

我还记得，是在巴尔瓦内拉，
很久很久以前的一天夜里，
有人于无意之中说出来了
哈辛托·奇克拉纳那个名字。

同时提起的还有别的什么，
就像一个街角和一把尖刀，
岁月流逝没有能够让我们
把混战和刀影从眼前抹掉。

我也说不清到底什么原因，

那个名字一直在心里萦回，
我倒是非常愿意弄个明白，
那人究竟都有过什么作为。

我总觉得他高大而又完美，
有着宽厚善良的谦和心地，
遇事能忍而不会轻易吼叫，
必要时却肯不把生命吝惜。

他来到这世界上走了一遭，
肯定是坦坦荡荡充满自信，
无论是在情场还是在战场，
大概都没有能超过他的人。

巴尔瓦内拉钟楼林林总总，
俯瞰着一处处果园和庭院；
在那个普普通通的街角上
发生的死亡事件实属偶然。

我看不清人们的眉眼模样，
只见到路灯洒下一片昏黄，
人影蹿动疯狂地厮打殴斗，
还有那毒蛇般的刀光闪亮。

也许就在那一个关键时刻，
当利刃伤及了躯体的时候，
他的脑袋里面曾经闪现过
男子汉不该有怕死的念头。

只有上帝才能真正地知道，
那人到底属于哪一种类型；
此刻我为诸位讲述的一切
不过是那名字蕴涵的事情。

世事纷繁纵有千头与万端，
无怨又无悔的可能只一件：
临终之际回顾人生的时候，

应该无畏的当口未曾胆颤。

骁勇从来都理当受到称赞，
希望绝对不会落空成缥渺，
这就是为什么我会唱起了
关于奇克拉纳的传奇歌谣。

关于堂尼卡诺尔·帕雷德斯的歌谣

弹起吉他的琴弦，
恭请诸位听仔细，
我要给你们说说
帕雷德斯的事迹。

我觉得他还没死，
甚至也未染病疾，
在我心里他健在，
在巴勒莫的领地。

一把胡须已灰白，

目光炯炯有神气，
就在胸口的旁边，
暗藏着一柄凶器。

尖刀夺走命一条，
对此不愿再提及，
事出有因说不清，
只缘跑马和扯皮。

确切说来是争地。
九十年代上世纪，
人们蛮横少理性，
他为霸主更骄逸。

满头银丝硬且直，
浑身上下牛皮衣；
肩披一件大斗篷，
金戒大得没法比。

手下多有亡命徒，
穆拉尼亚是其一，
苏亚雷斯更骁勇，
外号叫作智利鸡。

恶人相聚难相处，
时常会有祸端起，
全靠他来吼一声，
或用鞭子将事息。

顺利时候心绪好，
遇上倒霉也不急；
“肥皂厂里不跌倒，
趔趄总是难回避。”

胡宁那边故事多，
阿德拉处差不离，
他能弹着六弦琴，

桩桩件件说端倪。

如今他已命归西，
巴勒莫地处偏僻，
虽以荒蛮出了名，
却也没人再记起。

他已死去我要问：
天堂没有骏马骑，
没有鲜花和聚赌，
你可如何度生计？

北方有把刀

在马尔多纳河的流水
悄无声息经过的地方，
在可怜的瞎子卡列戈
曾经唱过的灰暗街巷，

有处栽着葡萄的院落，
院边有座荒废的旧房，
人们曾从半掩的门后，
听到里面的琴声悠扬。

屋子里边有一个木箱，

箱里的东西已被遗忘，
但是却会有一把尖刀
在箱底泛着逼人寒光。

刀的主人就是智利佬
塞维里奥·苏亚雷斯，
牌桌上面或其他场合，
他都表现不凡有本事。

年幼孩童多半都淘气，
肯定会去偷偷地寻找
并用指肚轻轻地试试
那刀的锋刃是否卷了。

那刀不知有过多少次
曾经嵌进人类的肌肤，
现如今孤零零遭冷落，
默受灰尘如手的轻抚。

太阳的金光一片灿烂，

透过那明晃的玻璃窗，

岁月和墙壁阻碍不了，

刀啊，我看到你的闪亮。

微不足道的小人物

我来唱唱一位小老乡，
他就住在三首街[1]区上，
那里的名声不是太好，
他既是主人又是装潢。

他的衣着有模又有样，
他的言谈作势又拿腔；
黑色的软帽、黑色衣裤，
皮鞋颜色也是黑又亮。

他只要如猫似的一跳，

就像是手电筒的光耀，
能让聪明人忍俊不禁，
脸上绽出一丝儿微笑。

他能歌善舞又会嬉闹，
是华人是混血说不好，
如今称作公寓的妓院
人人都当他是个活宝。

他实实在在是个好人，
能让阴沉的妓女开心，
他的种种调笑的举动，
总能博得她们的欢心。

根据当地的一致传闻，
他跟死神签下了协定，

1 布宜诺斯艾利斯街名，在巴勒莫以西，一译三执政街。该市行政上并无三首街区，此处泛指巴勒莫以西的几个市区。

不论是走到什么地方，
总是遇到倒霉的事情。

在泰晤士或三首街区，
他挨了子弹一命呜呼，
于是就只好就近迁居，
成了“贱民庄园”的住户。

关于黑人的歌谣

满怀着激情将喉咙放开，
就好像是要把鲜花歌颂，
今天我要向诸位先生们
讲一讲有色人种的事情。

那些英国佬和荷兰商贩
把他们当成是黑色象牙，
经过几个月的海上航行，
运到这里作为货物卸下。

就在雷蒂罗那一带地方，

曾经有过一个奴隶市场；
其中许多条件相当不错，
成交价格自然也就高昂。

他们像无知的孩子一样
忘记了狮子遍野的故乡，
这里的习俗和亲切人情
使他们变得像土生土长。

一个五月天的明媚清晨[1]，
骤然间祖国凭空而诞生，
当时的高乔人士兵只会
骑马在沙场上奔突驰骋。

有人提出来这样的主张：
黑人既不蠢笨也非无关；

1 指1910年5月25日。当时，布宜诺斯艾利斯居民集会反对西班牙殖民统治，成立了第一个政府委员会。

于是很快就组建成功了
一支混血和黑人的军团。

这支吃尽了辛苦的队伍，
按序列编号成了第六旅，
阿斯卡苏比称赞他们说：
“勇猛得赛过了英国雄鸡。”

正是那支有色人的部队
开赴到了另一岸[1]的前线，
索莱尔[2]发出了一声号令，
在塞里托[3]就把威风尽显。

马丁·菲耶罗曾杀过黑人[4]，

1 指现今的乌拉圭。

2 Miguel Estanislao Soler（1783—1849），阿根廷独立战争期间的将军。

3 现今乌拉圭首都蒙得维的亚附近的一个高地。南美洲独立战争期间，阿根廷军队曾于 1812 年在该处重挫西班牙殖民军。

4 何塞·埃尔南德斯长诗《马丁·菲耶罗》第一部第七节叙及马丁·菲耶罗与一个黑人决斗并将之杀死。

虽然只有一人送了性命，
却好似殃及了整个种群。
我倒听说有人为国尽忠。

在夕阳西下的黄昏时分，
我常见到一个黝黑面庞：
时光无情地烙下了印记，
沉静但又显出几分忧伤。

黑人全都去到了哪里的
骄阳明灿鼓声隆的天堂？
岁月就是忘海里的涌涛，
早已经将他们尽数涤荡。

为东岸人[*]唱的歌谣

我是布市[1]的歌手，
却要开口唱东岸，
缅怀那里的黄昏，
追思那里的木棉。

东岸情调有特色，
我今如此来归结：
如同这边一个样，
又有些微小差别。

许多事情已遥远，

只能用歌来称赞；
小楼带着观景台，
广场铺有蓝瓷砖。

旭日喷薄出海面，
首先照亮你那边，
山顶灯塔失光辉，
沙滩海浪露欢颜。

不能不提贩牛人，
满身尘土苦奔波，
嘴里嚼着黑烟叶，
在帕索·德尔莫利诺。

有河名叫乌拉圭，
站在岸边心潮翻，

---

* 指乌拉圭河东岸（即今乌拉圭东岸共和国）的居民。
1 指布宜诺斯艾利斯。

曾经有过一逃犯，
揪着马尾抵对岸。

更有一事两相通，
豪舞探戈同时兴：
胡宁家家人喜爱，
耶尔瓦尔也流行。

两边历史有一比，
就像绳股相扭结：
都是写于马背上，
虽然光荣却带血。

还有剽悍高乔人，
骁勇无比善征战，
驰骋连绵大草场，
奔突崎岖埃多山。

岁月蚀损仇家剑，
有谁能够说得清：
拉米雷斯曾握过？
阿蒂加斯曾使用？

天下无处非战场，
挥戈鏖战如弟兄；
卡甘查的冤游魂
可以出来做证明。

肩并肩或面对面，
我们曾经多少战；
你进我退无数次，
我进你退又几番！

有人未死却被忘，
无悔无怨度残年；
有人颈上留伤痕，

疤长直跨两耳间。

犹有驯马强中手，
烈驹俯首任驱遣，
银饰银钉闪闪亮，
为使鞍辔增光灿。

商陆树下唱歌谣，
古有埃尔南德斯
派桑杜城扬了名，
我今效尤来尝试。

我用歌谣诉心愿，
只求岁月弥边界：
虽然两边都竖旗，
毕竟颜色没区别[1]。

1 指阿根廷和乌拉圭两国都以蓝白两色为国旗的基本颜色。

关于阿博诺斯的歌谣

有人已经命断归了天，
有人已经走近黄泉边，
有人却在浑浑噩噩中
糊里糊涂不紧也不慢。

阿博诺斯用口哨吹着
恩特雷里奥斯[1]的小调，
两只眼睛从帽檐底下
凝注着清晨时的街道。

一八九〇年的这一天，

天色不过是刚刚透明，
在雷蒂罗洼地那一带，
没人不知道他的大名。

多少女人同他有瓜葛，
多少夜晚豪赌到天亮，
多少次与人刀兵相见，
有外来过客也有同乡。

不止一个赌棍或无赖，
都已立誓雪耻与讨债，
就在城南的一个街角，
早有利刃在把他等待。

那一天天色仍然朦胧，
突然间飞出三把利剑

1 阿根廷东部省份。

对准着他的身上刺去，
他也只好尽力地迎战。

锋刃扎进了他的胸膛，
脸上未露丝毫的恐慌；
阿博诺斯默默地死了，
就好似满不在乎一样。

他的事迹编成了歌谣，
我想他心里一定欣喜；
时光倒也是非常奇妙，
擅长忘却又惯于铭记。

关于曼努埃尔·弗洛雷斯的歌谣

弗洛雷斯就要死了，
这件事情并不稀奇；
死亡本是一个习俗，
人们知道怎样处理。

生命可是那么永恒、
那么柔蜜而又甘美，
让我对生命说再见，
心里还真不是滋味。

曙光照见我的手掌，
我将手上脉络察看，

一阵惊异袭上心头，
仿佛全都与我无关。

将有四粒子弹飞来，
子弹过后就是宁静；
巫师墨林[1]已然说过：
死亡就是曾经出生。

这双眼睛一生之中
究竟见过多少事情！
待到基督裁判过后，
又会看到什么情景？

弗洛雷斯就要死了，
这件事情并不稀奇；
死亡本是一个习俗，
人们知道怎样处理。

1 Merlin，中世纪亚瑟王传奇中的巫师和贤人。

关于百灵的歌谣

塞万多·卡尔多索是名字，
百灵先生只不过是个绰号；
岁月本来可以将一切抹去，
但是却不会将这个人忘掉。

他并非属于那些精明者流，
不擅于使用带扳机的武器；
他一生都只是固执地偏爱
让那刀剑狂舞的精湛技艺。

蒙铁尔山是他出没的地方，

曾无数次在那儿待到天亮，
当然是偎依在女人的怀里，
只是她曾被占有又遭遗忘。

他最喜欢使用的随身兵刃
就是一把挂于鞍架的弯刀，
人与刀就像是融为了一体，
时时刻刻相随相伴在一道。

坐在屋檐下面的阴凉地里，
或是在葡萄园的一个角落，
他的那双曾经杀过人的手
也能够抚弄琴弦奏出欢歌。

他眼睛里面那凝滞的寒光，
能让最为奸诈之徒也慑服，
从而失去搏击反抗的力量。
看他厮杀真可谓莫大幸福！

然而事后想起凶狠的劈刺
以及刀落血涌的骇人情景，
心中该是另有一番滋味儿，
不会再去为这种机遇庆幸。

丛莽和搏斗耗尽了他一生，
他从来都坦然地直面相迎。
他活着只是为杀人和逃亡，
他活着就好像是一场噩梦。

据说，到头来还是一个女人
竟然将他的性命最后葬送。
我们每一个人，或迟和或早，
都会死于自酿的苦果之中。

影子的颂歌 *

* 本诗集由王永年译。

序　　言

当初我没有料到，我这相当长的一生居然致力于文学、讲课、赋闲、神聊、探讨我所不了解的语文学、研究布宜诺斯艾利斯神秘的习俗，以及那门不无狂妄地称为玄学的困惑。我这辈子不缺朋友，这一点是最重要的。我自问没有一个敌人，即使有的话，他们从没有让我知道。事实上，我们除了所爱的人之外，谁都不能伤我们的心。如今，我痴活了七十岁（惠特曼也说过同样的话）的时候，印行了我的第五本诗集。

卡洛斯·弗里亚斯建议我借这个集子的前言阐述一下我的美学观点。我的孤陋和意愿不能接受这个建议。我并没有什么美学观点。长期实践让我学会了一些技巧：避免同义词，因为同义词使人联想到虚假的差别；避免西班牙语汇、阿根廷方言语词、古语和新语词；宁用常用词而不故作惊人之语；在小说里插进一些偶然事件，因为当今的读者要求这样做；假装有点含糊，因为即使现实很精确，记忆却不然；叙述事实时仿佛对事实一无所知（这一点我是从吉卜林的作品和冰岛萨迦里学来的）；记住以前的惯例并非金科玉律，会遭到时间的淘汰。这些技巧或习惯当然算不上美学。此外，我不信什么美学原则。一般说来，它们只是一些无用的抽象概念；因每个作家而异，甚至因每篇作品而异，除了作为暂时的激励或工具以外，不可能是别的。

前面说过，这是我的第五本诗集。读者有理由猜测和别的集子相比，它好不了多少，也差不到哪里去。除了无奈的读者已经预见到的镜子、迷宫和剑之外，增添了两个新的主题：老年和伦理观。大家知道，伦理观是我心仪已久的、一个文学方面的朋友——罗伯特·路易斯·斯蒂文森——一向关注的问题。我偏爱信奉新教的国家，胜过具有天主教传统的国家，原因之一就在于它们维护伦理观。弥尔顿主张在他的学园里教孩子们物理、数学、天文学和自然科学；约翰逊博士在十八世纪中叶指出："谨慎和公正是适用于任何时代和任何地点的优点和美德；我们永远是伦理学者，偶尔才是几何学者。"

这个集子里，散文和诗歌形式并存，我认为并没有什么不协调。我不妨援引一些著名的先例：波伊提乌[1]的《哲学的慰藉》、乔叟的《坎特伯雷故事》、《一千零一夜》；我认为那些分歧有其偶然性，希望读者把这个集子当作诗歌来看。一本书本身并不是美学事实，只是众多的客体之一；只有写书或者读书的时候才产生美学事实。常有人断言，自由体诗无非是印刷表象；我觉得这句话里有个潜在的错误。除了节奏之外，自由体诗的印刷形式能告诉读者，他将要得到的是诗情，而不是知识或论证。我也曾欣羡《圣经·诗篇》或者沃尔特·惠特曼的磅礴气势；随着岁月的流逝，我不无悲哀地发现自己只限于交替运用一些古典格律：亚历山大诗体、十一音节诗、七音节诗。

在某些米隆加里，我怀有敬意地试图模仿阿斯卡苏比和

1 Boethius（约 470—524），罗马哲学家。阿尔弗雷德大帝、乔叟和伊丽莎白女王都翻译过他写的《哲学的慰藉》一书。

民谣的绚丽和豪迈。

诗歌的神秘程度不下于世界上别的事物。如有满意之作不能沾沾自喜，因为佳句本天成，妙笔偶得之；只有失误才属于我们。我希望读者在这个集子里能找到一些值得一记的篇章；在这个世界上，美是共同的财富。

豪·路·博尔赫斯

一九六九年六月二十四日，布宜诺斯艾利斯

《约翰福音》第一章第十四节

这一页的谜的费解之处
不下于我的圣书，
也不下于无知的人们
口口相传的说数，
他们以为谜出自一个平常人，
而不是圣灵不可捉摸的镜子的反映。
我是现在、过去和将来，
再度迁就了语言——
连续的时间和标志。
同孩子玩耍的人
觉得亲近和神秘；

我愿意同我的孩子玩耍。
和他们一起，我感到温柔和惊异。
由于神奇的作用，
我奇怪地娩出腹中。
我身不由己，为形骸
和谦恭的灵魂所禁锢。
我体会了记忆
——永不相同的钱币。
我体会了希望和恐惧
——没有把握的未来的两种面目。
我经历了不眠、入睡、梦境、
无知、肉欲、
理智的笨拙的迷宫、
人们的友谊、
狗的神秘的依恋。
我得到过爱戴、理解、赞扬，
被钉在十字架上。我喝干了苦酒。
我亲眼看到从未见过的景象：

夜晚和它的星辰。
我经历了顺溜、粗糙、崎岖不平，
我尝过蜜和苹果的滋味，
焦渴的喉咙里水的感觉，
手掌里金属的重量，
人的声音，草地上的脚步声，
加利利[1]雨水的气息，
高处鸟的鸣声。
我也尝到了苦涩。
我把这篇文字托付给任何一个人；
它绝不是我想说的东西，
但永远是他的反映。
这些符号来自我的永恒。
写诗的是另一个，不是他今天的代笔人。
明天我将是虎群中的一只虎，
将在它的丛林中传道，

1 《圣经》地名，耶稣传教地。

或者将是亚洲的一株大树。

有时我深情地怀念

那间木工房里的气味。

赫拉克利特

第二个黄昏。

深入睡梦的夜晚。

净化和遗忘。

第一个黄昏。

曾是黎明的早晨。

曾是早晨的白天。

将成为疲惫的下午的众多的白天。

第二个黄昏。

时间的另一个习惯——夜晚。

净化和遗忘。

第一个黄昏……

静悄悄的黎明，
希腊人在黎明时的焦虑。
未来、现在和过去
有什么内在联系？
恒河流过的这条
是什么河道？
源头难以想象这条河是什么河流？
卷走神话和剑的这条
是什么河流？
即使入睡也无济于事。
它在梦中、在沙漠、在地窖里依然流动。
河流卷走了我，我就是那条河。
构成我的是不稳定的材料，是神秘的时间。
源头也许就在我这里。
日子也许从我的影子里涌现，
虚幻而不可避免。

剑　　桥

新英格兰和早晨。
我在克雷吉拐弯。
我想道（以前也曾想过）
克雷吉这个名称是苏格兰文，
克雷吉的词源是凯尔特语。
我想道（以前也曾想过）
这个冬天包含着
别人留诸文字的以往的冬天，
道路事先已经确定，
我们都属于爱或者火。
白雪、早晨和红墙

也许是幸福的模样，

但我来自别的城市，

那里的色彩比较黯淡，

那里的傍晚有个妇女

在庭院里浇花草。

我抬眼眺望无处不在的蓝天。

远处应是朗费罗[1]笔下的树林

和梦幻般缓缓流动的小河。

街上阒无一人，但不是星期日。

也不是星期一，

给我们开始一切的幻觉的日子。

不是星期二，

红色行星掌管的日子[2]。

---

1 Henry Wadsworth Longfellow（1807—1882），美国诗人，1836 至 1854 年在哈佛大学任教，是新英格兰文化中心剑桥文学界的重要人物，创作了《伊凡吉林》、《海华沙之歌》等长篇叙事诗。诗人在环境幽静的克雷吉居住四十余年直至去世。

2 从地球上观察，火星颜色发红。星期二的拉丁文为 Martis dies，意为火星日，罗马神话中的马尔斯（Mars）是战神。

不是星期三，

迷宫之神的日子[1]，

也是北欧神话里的奥丁神。

不是星期四，

已经准备让位于星期日的日子。

不是星期五[2]，

掌管它的女神在森林里

让情人们的肉体纠缠在一起。

不是星期六。

它不在后面的时间里，

而在记忆的幽灵般的王国。

正如梦中那样，

高大的门后一无所有，

甚至没有空虚。

---

1 星期三的拉丁文为 Mercurii dies，意为水星日，也就是罗马神话中交通之神墨丘利（Mercurio）的日子。

2 星期五的拉丁文是 Veneris dies，意为金星日，也就是罗马神话中爱神维纳斯（Venus）的日子。

正如梦中那样，

瞅着我们的面庞后面一无所有。

没有正面的反面，

只有一面的钱币。

来去匆匆的时间留给我们的财富

就是那些微不足道的东西。

我们是自己的记忆，

是那个形式易变的虚幻的博物馆，

是那堆破碎的镜子。

新英格兰，一九六七年

我梦中的景象已经改变；
如今是红砖房子的侧面，
雅致的青铜色的树叶，
纯洁的冬天和暖人的柴火。
正如第七日[1]，世界上很美妙，
黄昏时，有些东西似乎不那么好，
放肆而又有些伤感，
那是《圣经》和战争的古老声息。
很快就要下雪了（人们这么说），
美国在每一个角落里等待着我，
但傍晚时我却感到

今天过得那么慢，昨日又那么短。

布宜诺斯艾利斯，我仍在你的街角行走

不知道什么原因，也不知道什么时候。

一九六七年，剑桥

1 《圣经·旧约·创世记》第二章第二节：“到第七日，神造物的工已经完毕，就在第七日歇了他一切的工，安息了。”

詹姆斯·乔伊斯 *

人的一天包含着所有的时间，
从混沌初开难以想象的那天，
一位可怕的上帝
预先确定了所有日子和苦难，
直到时间的无所不在的河流
返回它永恒的源头，
熄灭在现在、将来、昨天，
那就是目前的我。
黎明和夜晚之间是部宇宙史。
从夜晚开始，我看到脚下
希伯来人走过的道路、

被毁的迦太基、地狱和光荣。

主啊，请给我勇气和欢愉，

让我攀登这一天的顶峰。

一九六八年，剑桥

---

* 乔伊斯的代表作《尤利西斯》描写了主人公布卢姆、其妻莫莉和青年学生德迪勒斯三人一昼夜的经历。

永久的礼物

一位画家曾许诺为我们画一幅作品。

如今我在新英格兰听说他已去世。和往常一样，我感到理解浮生若梦时的悲哀。我想着已经失去的人和画。

（只有神才能许诺，因为他们是永存的。）

我想着预先确定的地方，可那里没有画幅。

我又想：假如画挂在那里，无非是多了一件东西；家里一件虚饰或者习以为常的东西；现在它却是无限的、不断的、能具有任何形状和任何色彩，不受任何约束。

它以某种方式存在。像一支乐曲那样存在和发展，陪伴我到永远。谢谢你，豪尔赫·拉尔科[1]。

（人也能许诺，因为许诺之中有永存。）

---

1 Jorge Larco（1897—1967），阿根廷印象派画家。

一九二八年五月二十日

他现在像神一样不会受到伤害。

世上什么都伤害不了他：女人的绝情、痨病、写诗的焦虑、他已经不需要用词句描摹的苍白的月亮。

他在椴树下彳亍而行；望着栏杆和门户，但不是为了把它们记住。

他知道还有几个夜晚，还有几个早晨。

他行事有严格规律。做一些特定的动作，在预定的街角穿过马路，触摸一株树或者铁栅，为的是让将来像过去一样不可逆转。

他按那种方式行事，为的是让他盼望而又害怕的事情必然成为一系列事情的终点。

他走在第四十九街；他想今后再也不会走进哪一扇侧门。

他已经和许多朋友告了别，但没有引起怀疑。

他不知第二天会不会下雨，这件事他永远不会知道了。

他遇到一个熟人，说了一句玩笑话。他知道这件事将会成为人们一段时期内的议论。

现在他像死去的人那样不会再受到伤害。

他在预定的时刻踏上大理石梯级。(这件事将成为别人的回忆。)

他走进盥洗室；水很容易冲洗掉黑白方格图案的地面上的血迹。镜子在等着他。

他抚平了头发，整了整领结（他一向讲究修饰，这也是年轻诗人的常情)，试图想象镜子里在动作的是另一个人，而作为替身的他却在模仿。做出最后一个动作时，他的手并不颤抖。他顺从地、着魔似的已经把手枪抵住太阳穴。

我相信，事情就是这么发生的。

迷　　宫

永远找不到门。你在里面，
城堡包罗着整个宇宙，
既无正面，也无反面，
没有外墙，也没有秘密的中心。
你趑趄前行，脚下的路
执拗地岔到另一条，
再执拗地岔到另一条，
你休想找到尽头。你的命运已经铁定，
正如裁判你的人那样毫不容情。
你不必提防公牛的阻截，
那个牛头人身的怪物

给错综复杂的石砌迷宫
增添了许多恐怖。
根本不存在。你不必等待。
即使在昏暗中也没有猛兽。

迷宫（另一首）

宙斯无法帮我解脱
困住我的石块网罗。
我忘了自己也曾为人；
继续在可憎的石墙里逡巡，
那就是我注定的命运。
随着岁月的侵蚀，笔直的通道
弯成隐秘的圆圈，
矮墙拆裂出罅隙。
我在苍白的尘土上
辨认出可怕的足迹。
傍晚空中传来凄凉的吼叫，

或者吼叫的回声。

我知道阴影中还有一个。

他的命运是耗尽

构成这个地狱的漫长孤寂，

渴望我的鲜血，吞噬我的死亡。

我们两个在相互寻找。

但愿这是最后一天的等待。

里卡多·吉拉尔德斯 *

谁都忘不了你的温文尔雅；

善良真诚，出自内心，

集中体现了你的心灵。

清如水，明如镜。

也忘不了你的飘逸洒脱，

清癯而又坚毅的面容，

荣誉和死亡的光亮。

向吉他倾诉衷情的手。

仿佛在镜子里的梦

（你是现实，我是你的映像）

我看见你和我们在金塔纳絮语。

你就在那里，神异而凋谢。

里卡多，昨天的开阔田野，

马驹的黎明，现在都属于你。

---

* Ricardo Güiraldes（1886—1927），阿根廷诗人、小说家。代表作《堂塞贡多·松勃拉》描写潘帕斯草原生活和高乔人的高尚品德。20 年代初期曾与博尔赫斯等主持《船头》杂志的编辑工作。

人种志学者

我是在得克萨斯州听到那件事的，但事情发生在另一个州。这里只有一个主人公，除非所有的故事都有成千上万的、有看得见和看不见的、活着的和死去的主人公。我记得他名叫弗雷德·默多克。他像美国人那样身材高大；既不白皙也不黝黑，轮廓分明，寡言少语。他身上毫无特殊之处，甚至没有年轻人常有的那种故作自命不凡的神气。他生性谦逊，既不怀疑书本，也不怀疑写书的人。他正处于那种不知天高地厚的年龄，心眼活泛，只要有机会，对什么都感兴趣，都想研究研究：无论是波斯人的神秘主义或者匈牙利人的无从查考的起源，从军冒险或者代数学，洁身自好或者放纵狂欢。上大学时，有人劝他研究土著语言。西部某些部族仍保留着不传外人的仪式；他的导师是一个上了年纪的人，建议他去土著居民保留地生活一个时期，观察他们的仪式，探索巫师透露给新来者的秘密。回来后，他可以写一篇论文，由学院当局印刷出版。默多克当即表示同意。他有一个前辈死于边境战争；前辈的这一古老的分歧如今成了纽带。毫无疑问，他预见到等待着他的困难；他必须设法让红种人接纳他，把他当成他们中间的一员。他开始了漫长的冒险。他在草原里待了两年多，有时住土坯房屋，有时露宿，日出而作，日落而息，后来做梦时用的都不是父辈的语言。他逐渐习惯了难以下咽的食物，穿着奇形怪状的衣服，忘了以前的朋友和城市生活，思维方式也不符合以前的逻辑。最初几个月，他把学到的东西偷偷地记在小本子里，后来又全部销毁，也许怕别人起疑，也许他已经不需要记录了。经过一个时期的精神和肉体的训练以后，祭师吩咐他记住每次做的梦，天亮时向祭师汇报。他发现每逢满月之夜总是梦见野牛。他向师父汇报了这些重复的梦；师父便把秘笈传给了他。一天早晨，默多克不辞而别。

他初到草原时常常怀念城市，回到城市后又开始怀念草原的傍晚。他走进导师的办公室，告诉导师说他知道了秘密，但决定不泄漏。

“你是不是发过誓要保密？”导师问道。

“不是那个原因，”默多克说，“我在那个遥远的地方学到的东西无法说。”

“难道英语难以表达？”对方问。

“绝对不是，先生。我掌握了秘密，能用一百种不同的、甚至相互矛盾的方式加以阐明。我不知道如何向您解释，那个秘密十分宝贵，我现在觉得我们的科学与它简直无法比较。”

他歇了片刻，补充说：

“此外，引导我掌握那个秘密的道路的价值是秘密本身无法比拟的。那些道路要亲自去经历。”

导师冷冷地说：

“我可以把你的决定告诉校务委员会。你打算到印第安人中间去生活吗？”

默多克回答：

“不。我也许不会回草原去了。那里的人教会我的东西足以应付任何地方和任何情况。”

谈话内容基本是这些。

弗雷德结了婚，又离了婚，目前是耶鲁大学的一名图书管理员。

致某影子，一九四〇年

英格兰，休让日耳曼野猪和意大利鬣狗
亵渎你神圣的土地。
莎士比亚的岛国，愿你的儿子们拯救你
和你的光荣的影子。
我在这里，遥远的海洋彼岸，
向它们召唤，
它们从不计其数的昔日纷至沓来，
有的头戴峨冠和铁盔，
有的手持《圣经》、钢剑、船桨、
铁锚和弓箭。
在利于修辞和魔法的深夜，

它们在我头上盘旋，
我寻找最朦胧、最飘忽的影子，
终于发现了：啊，朋友，
居心叵测的欧陆磨刀霍霍，
正如在你受难和悲歌的时期，
准备侵犯你的英格兰。
军队在海上、陆地和空中结集。
德·昆西，你再做梦吧。
编织出梦魇之网，
作为防御你岛国的堡垒。
让心怀仇恨的人
在时间的迷宫里永无休止地徘徊。
让夜晚漫长得像是世纪、时代、金字塔，
让武器和面庞成为尘埃。
让我们从那些使你做噩梦的、
难以解释的建筑得到拯救，
夜晚的兄弟，吸食鸦片的人，
已成为迷宫和塔楼的扭曲的时间之父，

不会被遗忘的语言之父，
未曾谋面的朋友，
超越深不可测的海洋和死亡，
你是否听到我？

物　品

手杖，钱币，钥匙链，
应手而开的锁，过时的摘记
(我来日无多，不会再去翻阅)，
纸牌和棋盘，
夹着一朵揉碎的紫罗兰的书，
那是一个美好傍晚的纪念，
肯定难以忘怀，但已经忘却，
一面红色的西方镜子，
幻想中的朝霞如火如荼。
锉刀，门槛，地图，酒杯，钉子，
多少物品像是默默无语的奴隶，

盲目而悄悄地为我们效力！

它们的存在超过我们的遗忘；

永远不会知道我们已经离去。

《鲁拜集》*

让我的声音重现波斯人的韵律，
想起时间是梦幻泡影的交集，
人生一场，宛如一枕黄粱，
任凭隐秘的梦者摆布播弄。

再次断定火即是灰烬，
肉体即是尘土，
江河缓慢而又匆匆离我而去，
它们是你我短暂生命的形象。

再次断定艰难竖起的高碑，

只是过眼烟云，镜花水月，
同永恒者不可思议的荣光相比，
世纪仿佛是须臾即逝的瞬间。

再次注意到金黄的夜莺，
在夜籁响亮的顶点
引吭高歌只此一回，
吝啬星辰不肯施舍它们的宝藏。

让月亮回到你笔下的诗歌，
正如在苍茫薄暮回到你的花园。
那个花园里的同一轮明月
却无从寻觅你的踪影。

在傍晚幽婉的月光下，

---

* 波斯诗人、哲学家、天文学家奥玛尔·海亚姆（Omar Khayyám，1048—1122）写过二三百首类似中国绝句的四行诗，但生前并不以诗著名，1859年，英国作家菲茨杰拉德把他的四行诗译为英文，以《鲁拜集》为名出版，海亚姆才闻名欧美。

地下蓄水池是你谦逊的榜样，
它那如镜的水面
反映出些许永恒的形象。

回来吧，波斯人的月亮
和荒凉黄昏的朦胧金光。
今日之日不可留。你已登鬼录。
你是面庞已成尘埃里的一个。

佩德罗·萨尔瓦多雷斯

献给胡安·默奇森

我想把我们历史上最奇特、最悲惨的事件之一用文字记载下来，也许前人从没有这么做过。我认为最好是叙述时不加评论，不添枝加叶，不作任何没有根据的猜测。

主角是一个男人、一个女人和一个独裁者巨大的阴影。男人名叫佩德罗·萨尔瓦多雷斯；卡塞罗斯战役[1]之后几天或几星期，我的祖父阿塞韦多亲眼见过此人。佩德罗·萨尔瓦多雷斯同一般人或许并无区别，不过他的遭遇和他所处的时代使他成为绝无仅有的例子。据我们所知，他在乡间有注产业，是中央集权派。他妻子娘家姓普拉内斯；两口子住在苏伊帕查街，离教堂街不远。出事的房屋和别的房屋没有什么区别：临街的大门、门厅、栅门、居室和几个天井。一八四二年的一天深夜，泥地街上传来沉闷的马蹄声，越来越响，夹杂着骑手们的吆喝。这一次，玉米棒子党[2]不仅仅是顺便路过。随着吆喝而来的是反复的撞击声，强徒们撞破了大门。此时，萨尔瓦多雷斯拖开餐厅的桌子，掀起地毯，躲进了地下室。妻子把桌子搬回原处。玉米棒子党闯了进来；打算把萨尔瓦多雷斯带走。妻子说他早已逃到蒙得维的亚去了。强徒们不信她的话；用马鞭子抽打她，把天蓝色的餐具砸得稀巴烂，搜遍所有的房间，就是没有想到掀开地毯。他们折腾到半夜才离去，骂骂咧咧地说是还要来。

佩德罗·萨尔瓦多雷斯的故事从这里才算真正开始。他在地下室住了整整九年。尽管我们常想：年月由日子组成，日子由钟点组成，九年是个抽象的期限，是个难以想象的数

---

1 卡塞罗斯是阿根廷布宜诺斯艾利斯省的一个城镇，1852 年 2 月 3 日，乌尔基萨将军在此附近击败独裁者罗萨斯的军队。

2 阿根廷罗萨斯独裁时期人们对联邦党人民复兴协会的蔑称，因其标志上有玉米穗图案。

目，这个故事还是骇人听闻的。我猜想，他在眼睛努力辨认的黑暗里，什么都不想，甚至不去想他的仇恨和危险处境。他干蹲在地下室。上面那个对他已经无缘的世界会传来一些回声：他妻子的熟悉的脚步声，水桶在井栏的碰击声，天井里的大雨声。此外，每天都可能是他的末日。

妻子怕仆人举报，陆续辞退了他们。她对亲戚们说萨尔瓦多雷斯在乌拉圭。她替军队缝缝补补，挣些钱养活两人。几年中，她生了两个孩子；亲戚们唾弃她，说孩子是野种。独裁者垮台后，他们跪在地上请求她原谅。

佩德罗·萨尔瓦多雷斯究竟是怎么一回事呢？把他禁闭起来的是不是恐惧、爱情、可及而不可望的布宜诺斯艾利斯，以及终于养成的习惯？他妻子为了不让他离她而去，告诉他一些不确实的阴谋与胜利的消息。他也许是个懦夫，他妻子心中有数，只是因为忠于他而不对他明说而已。他在地下室里没有烛光，不能看书消遣，或许也想到了这一点。黑暗使他整天陷于迷梦。最初他梦到月黑风高，钢剑直逼咽喉，梦到空旷的街道，梦到平原。几年后，他已没有能力逃亡，梦到的是地下室。起初他是一个受到追捕、受到威胁的人；后来我们就说不清楚了，也许是一头守在巢穴里的温顺的野兽，也许是一个隐秘的神。

这一切持续到一八五二年夏罗萨斯仓皇出走的那天。那时候，那个暗藏的人才来到光天化日之下；我祖父同他谈过话。他长得虚胖，脸色苍白得像蜡，说话老是压低嗓音。他被充公的乡间产业始终没有发还；据说他贫困而死。

正如一切事物一样，佩德罗·萨尔瓦多雷斯的遭遇仿佛是我们即将领悟的某件事情的象征。

致以色列

以色列，谁能告诉我，
你存在于我血液的古老河流
构成了复杂的迷宫？谁能告诉我，
我的血和你的血流过什么地方？
没关系。我知道你在圣书里，
那部书包罗了几千年的时间，
记载了赤子亚当的历史，
以及耶稣的事迹和苦难。
你在那部书里，它是镜子
照出了每一张俯视它的脸，
也是上帝艰巨复杂的镜子，

从中可以看到他可怕的容颜。
你好，以色列，你满怀战斗激情
守卫着上帝的堡垒。

以 色 列

受到禁锢、被魔法镇住的人，
注定要成为蛇的人
守护着卑鄙的黄金，
注定要成为夏洛克的人，
俯视着世界、
知道自己曾在天国的人，
被剜去双目的老人
终于推倒庙宇的柱子[1]，
注定要成为面具的脸庞，
我行我素的斯宾诺莎、
闪族始祖[2]和神秘哲学家，

是圣书的人，
身处深渊、
赞美天国正义的嘴巴，
在山上同上帝对话的
检察官或牙医师，
注定要遭到嘲弄、
遭到憎恶的人——犹太人，
遭到石砸、火焚、
在毒气室里窒息而死的人，
坚持要成为不朽的、
现在又投入战斗的人，
在胜利的强光下
像正午的狮子那么俊美。

---

1 这里指《圣经》故事中以色列力大无比的英雄参孙，参孙一再打败非利士人，后非利士人收买了妓女大利拉，骗得参孙大力的秘密，将其制服，剜去双目，关在监里推磨。非利士人祭神时把参孙提到大厅侮弄取乐，参孙抱住大厅的两根柱子，推倒房屋，与三千非利士人同归于尽。事见《圣经·旧约·士师记》13—16章。

2 闪是《圣经》中建造方舟、逃过四十天洪水之灾、保存了地球物种的挪亚的三个儿子之一。闪族子孙包括古代希伯来人、亚述人、腓尼基人、阿拉伯人、巴比伦人等，今特指犹太人。

一九六八年六月

在金色的下午，

或者在可能象征

金色下午的宁静中，

那人整理着

摆在书架上的书籍，

触摸着羊皮纸、皮面、布面，

感到预期的习惯

和建立秩序

带来的愉悦。

斯蒂文森和另一位苏格兰人，

安德鲁·兰[1]，神奇地在这里

恢复了被海洋和死亡
打断的娓娓讨论，
与维吉尔为邻
当然不会使雷耶斯不高兴。
(整理藏书
等于是默默无闻地
进行文艺批评。)
那人已经失明，
他知道自己不可能
辨读他摆弄的美丽的书本，
书本也不可能帮他写出
与别的书本平起平坐的书本，
但他在或许是金色的下午，
在奇特的命运面前露出笑容，
找到了那些心爱的旧物
给他带来的特殊的幸福感觉。

1 Andrew Lang（1844—1912），苏格兰学者、诗人，荷马史诗的译者。

书籍保管人

那里有花园、庙宇和庙宇的考证，
乐谱和词源，
八卦的六十四爻，
上苍给人们的唯一智慧——礼仪，
有那位皇帝的尊严，
世界是他的镜子，
反映了他的宁静，
以致田野结出果实，
江河不会泛滥，
独角兽受伤归来标志着终结，
隐秘的永恒法则，

世界的和谐；
我守护的塔楼里的书籍
包含那一切或者它们的记忆。

鞑靼人骑着长鬃小马
从北方进犯；
天子派去征讨的军队
被他们消灭殆尽，
他们燃起连天兵火，
嗜杀成性，不分良莠，
杀死锁在门口看守的奴隶，
奸淫妇女，然后弃若敝屣，
他们向南方挺进，
像猛兽一样没有理性，
像刀一样残忍。
在犹豫不决的黎明，
我父亲的父亲抢救了那些书籍。
把它们藏在我目前所在的塔楼，

我回忆着别人的日子，
与我无关的那些古老的日子。

我没有日子的概念。
书架很高，不是我的年岁所能及。
几里格的尘土和梦幻包围着塔楼。
我何必欺骗自己？
事实是我根本不识字，
但是对一个饱经沧桑、
看到城市沦为荒漠的人来说，
想象和过去的事物已无差别，
想到这里，我觉得宽慰。
有什么能阻止我梦想：
有朝一日我能破译智慧，
用勤奋的手画出那些符号？
我姓向。我是书籍保管人，
那些书或许是硕果仅存，
因为我们对帝国

和天子一无所知。

这里有高高的书架，

近在咫尺而又远在天际，

像星辰一样隐秘而又可见。

这里有花园、庙宇。

高　乔　人

谁会告诉他们，他们的祖先由海路来到；谁会告诉他们，海洋是什么模样。

他们是白人的混血儿后代，但被白人瞧不起；他们是红种人的混血儿后代，但红种人把他们看成是仇敌。

许多人可能从未听到高乔这个名称；即使听到，也可能把它当作侮辱。

他们学会了星辰的道路，空气和飞鸟的习惯，南方云彩和月晕的预兆。

他们是牧牛人，能驾驭驯服不久的野马，善于使用套索，打烙印，赶牲口；有的是亡命徒，后来成了骑警；有的成了民间歌手。

他们不提高嗓门，悠闲地为人弹唱，不知东方之既白。

也有猎豹的雇工；他们用斗篷护住左臂，右手握刀，捅进扑上来的野兽的肚皮。

慢条斯理地聊天，吸饮马黛茶，玩纸牌，是他们消磨时间的方式。

不同于别的乡下人，他们善于嘲弄。

他们受穷受苦，但洁白无瑕。得到款待就会受宠若惊。

星期六晚上，惹是生非的白酒使他们失去理智。

他们糊里糊涂地杀人或者死去。

除了某些迷信之外，他们没有信仰；但艰难的生活使他们学会了崇拜勇气。

城里人创造了他们的方言和比喻粗野的诗歌。

他们显然不喜欢冒险，但有时随马帮走得很远，战争使他们走得更远。

历史上他们没有头面人物。他们只是洛佩斯、拉米雷斯、阿蒂加斯、基罗加、布斯托斯、佩德罗·坎贝尔、罗萨斯、乌尔基萨、指使人暗杀乌尔基萨的那个里卡多·洛佩斯·霍尔丹、佩尼亚洛萨和萨拉维亚的部下。

他们不为祖国那种抽象的概念牺牲，但能为一个偶然的主人、怒火或者挑唆犯险而送命。

他们的骨灰湮没在美洲遥远的地区，在他们毫不了解其历史的共和国，在今天已经出名的战场。

他们一生仿佛在梦中度过，不知道自己是何人何物。

也许我们的命运和他们的相同。

阿 塞 韦 多

我祖父辈的土地，
阿塞韦多的姓保存至今，
没有界定的土地，
我简直无法想象。
我上了年纪，但还未见过
我先辈骑在马背上看到的
那些寥廓的尘土飞扬的故土，
开阔的道路，它们的傍晚和黎明。
到处都有平原。在衣阿华州，
在南方，在希伯来人的地方，
在基督踩过的加利利的柳树林，

我都见过。

我没有失去。它们属于我。

我在遗忘中，在偶然的愿望中拥有。

呼唤乔伊斯

我们分散在不同的城市，
熙熙攘攘而又形单影只，
扮演第一个亚当的角色，
给各种事物起各种名字。
长夜将尽，
接近黎明，
我们寻找词句（我记忆犹新）
用来表达月亮、死亡、早晨，
以及人们的其他习惯。
我们曾是意象派、立体派，
以及轻信的大学所崇尚的

秘密社团和派别。
我们发明了没有标点的段落，
没有大写字母的单词，
以及亚历山大城图书管理人
排成鸽子形状的诗节。
灰烬由我们一手造成，
熊熊大火是我们的信仰。
与此同时，
你在流亡的城市，
(可憎的流亡
是你自己选择的工具，)
铸造你艺术的武器，
建立你艰巨的迷宫，
无限小而又无穷大，
卑微得令人惊奇，
比历史更纷纭复杂。
我们没有见到你迷宫中央
牛头人身怪或者玫瑰花，

也许就已死去，

但是记忆有它的护身符，

它的维吉尔的回声，

因此在夜晚的街道上

萦绕着你辉煌的地狱，

你的韵律和比喻，

你影子的黄金。

如果世上还剩一个勇敢的人，

我们的怯懦又有何妨；

如果时间还有自以为幸福的人，

悲哀又有什么关系，

这个迷惘的一代是模糊的反映，

如果你的书为它开脱，

迷惘又有何妨。

我即他人。我是你固执的严格

所拯救的一切人。

我是你不认识而又拯救的那些人。

以色列，一九六九年

几百年来散居各地
在不信基督教的城市，在犹太人区，
在草原西部，在梦里，
像敛聚伤心的财宝那样敛聚怀念，
那些在幼发拉底河畔向往着你，
耶路撒冷，巴比伦人的怀念，
我担心以色列有那种怀念之情，
以居心叵测的温柔
在窥视方向。
除了那种怀念，
除了在变化多端的时间形式里
拯救你神奇的古书，你的礼拜仪式，

你同上帝的形影相吊之外，
你又是什么，以色列？
并非如此。最古老的民族
也最年轻。
你打动人们的不是花园，
黄金和你的厌烦，
而是你的艰辛，最后的土地。
以色列默默地告诉他们：
忘掉你是谁吧。
忘掉抛弃你的另一个人。
忘掉你曾在那里
度过下午和早晨的土地，
你能给土地的只是怀念。
忘掉你父辈的语言，学会天国的语言吧。
你将成为以色列人，成为战士。
你将在沼泽和沙漠上建立祖国。
你的从未谋面的兄弟将和你一起干活。
我们向你许诺：
你在战斗中将有一席之地。

《骑士、死神与魔鬼》的两种解释

一

在兽形装饰的头盔下面，

严厉的容貌像护剑一般残忍。

在劫后狼藉不堪的树林里，

骑士沉着地坐在马上。

一群丑恶的东西把他团团围住：

奴颜媚骨的魔鬼，

纠缠不清的蜥蜴，

拿着沙漏的白发老人。

铁盔铁甲的骑士，见到你的人
都知道你没有半点虚伪，
你英勇无畏，
命令和轻蔑是你的本分。
不容置疑，你不会辱没
日耳曼人、魔鬼和死亡。

二

路有两条。一条是那个铁盔铁甲、
高傲的人，信仰坚定，
在世界的茫茫丛林里策马前行，
不顾魔鬼和死神的
嘲弄和凝固的舞蹈。
另一条比较短，是我的道路。
在哪个朦胧的夜晚或者过时的早晨，
我的眼睛发现了虚幻的史诗，
丢勒永久的梦想，

寻觅我、窥视我、找到我的英雄
和他的一群阴影？
那个蛇发虬结的白色老人
规劝的是我，不是那个勇士。
沙漏计量的是我流逝的时间，
不是他永恒的现在。

我将成为灰烬和黑暗；
达到我生命的终点；你却不然，
你，手持长剑的骑士，
只要人们存在，
你将在丛林里行进。
沉着、虚幻、永恒。

布宜诺斯艾利斯

布宜诺斯艾利斯是什么？

是疲倦而幸福的人在美洲战斗归来的五月广场[1]。

是我们在飞机上望到的灯火的迷宫，飞机下面是屋顶、人行道、庭院、宁静的事物。

是拉雷科莱塔执行枪决的大墙，我的一个先辈就在那里死去。

是胡宁街的一株大树，它给了我们阴凉而我们却不知。

是两旁房屋低矮的长街，它使西区变了模样。

是南码头，“土星号”和“宇宙号”从那里启航。

是金塔纳路，我的失明的父亲在那里失声痛哭，因为他看到了旧时的星辰。

是一扇有门牌号的大门，我在那里面的黑暗中一动不动躺了十天十夜，但记忆中那些日日夜夜只是瞬间。

是一座沉重的金属骑士塑像，随着太阳位置变化，从高处投下一连串周而复始的影子。

是雨中同一座骑士塑像。

是秘鲁街的一个角落，胡利奥·塞萨尔·达沃韦在那里对我说，人所能犯的最大罪恶是生一个儿子，让他遭受这种可怕的生活。

是埃尔维拉·德阿尔韦亚尔，他在笔记本上细心地创作一部长篇小说，开头写的是字，最后是难以辨认的笔画。

是诺拉的手，她在画一个女友的面孔，也是天使的面孔。

是一把经历过战争的剑，与其说它是武器，不如说它是记忆。

是一个退色的标记，或者磨损的银版照相，已经事过境迁。

是我们同一个女人分手和一个女人离我们而去的日子。

---

1 布宜诺斯艾利斯最大的广场，位于该市东部，其东侧为总统府玫瑰宫。

是玻利瓦尔街[1]的一个拱门，从那里可以望见图书馆。

是图书馆的房间，一九五七年我们在那里悟出了撒克逊人艰深的语言，勇敢和悲惨的语言。

是隔壁的房间，保罗·格鲁萨克在那里去世。

是照出我父亲面孔的最后的镜子。

是基督的面庞，我在慈悲圣母教堂的中殿里见它已被砸碎，散落尘埃。

是南区的一座房屋，我妻子[2]和我在那里翻译惠特曼的诗歌，但愿这首诗里有他伟大声音的回响。

是卢贡内斯，他在火车里望着窗外消逝的景色，心想如今已不必用文字把它们固定下来，因为这是他最后一次旅行。

是九月十一日广场夜晚阒无一人的角落，已经去世的马塞多尼奥·费尔南德斯向我解释死亡只是假象。

我不想写下去了；这些事物个人色彩太重，太就事论事，代表不了布宜诺斯艾利斯。

布宜诺斯艾利斯是我从未到过的另一条街，是街区和最

1　玻利瓦尔街南北走向，与国立图书馆所在的、东西走向的墨西哥街交叉。
2　指埃尔萨·阿斯泰特·米连，1967 年与博尔赫斯结婚，1970 年离婚。

深的庭院的隐秘中心，是门脸掩盖的东西，是我的敌人（假如我有敌人的话），是不喜欢我的诗歌的人（我自己也不喜欢），是我们可能进去过但已经忘记的小书店，是为我们演奏而我们不熟悉的米隆加舞曲，是已经消失和将要出现的东西，是后来的、陌生的、次要的，既不是你的也不是我的城区，是我们不了解而又喜爱的东西。

经外福音书片断

3. 精神贫乏的人是不幸的，因为地下的事物将是目前地上的事物。
4. 哭泣的人是不幸的，因为他已经有了可怜的哭泣习惯。
5. 知道受苦并不是荣耀的人有福了。
6. 要成为人上人，光吃得苦中苦是不够的。
7. 不坚持认为自己有理的人是幸福的，因为谁都没有理，或者大家都有理。
8. 饶恕别人和饶恕自己的人有福了。
9. 温顺的人是幸福的，因为在不和前面他们从不迁就。
10. 不饥渴慕义的人有福了，因为他们知道我们的命运，不论如何不幸或令人怜悯，都是偶然现象，是不可探知的。

11. 仁慈的人有福了，因为他们的幸福在于行善，而不在于企盼奖赏。

12. 心地洁白的人有福了，因为他们见到了上帝。

13. 为了正义而遭到迫害的人有福了，因为正义比他们的人生境遇更重要。

14. 谁都不是世上的盐；在生命的某一时刻，谁都不是人间精英。

15. 即使没有人看见，也点亮灯盏吧。上帝将会看到。

16. 没有不可违反的戒律，包括我所说的和先知们说过的。

17. 出于正义，或者出于他认为是正义而杀人的人是无罪的。

18. 人的所作所为既不值得下地狱也不值得上天国。

19. 不要恨你的敌人，因为一有了恨，你在某种意义上就成了奴隶。你的恨永远不会比你的平常心好。

20. 如果你的右手冒犯了你，饶恕它吧；你的肉体和灵魂都是你自己，要划一条分界线是困难的或者不可能的。

24. 不要夸大真理崇拜；一天之内，谁都合情合理地说过多次谎话。

25. 不要发誓，因为任何誓言都是装腔作势。

26. 要反抗恶，但不要惊怒。谁打了你的右脸，你可以转过左脸给他，只要不是出于恐惧。

27. 我不谈报复或饶恕；遗忘是唯一的报复和唯一的饶恕。

28. 善待你的敌人可以成为义举，做起来并不困难；但爱你的敌人是天使的行为，不是凡人所能做到的。

29. 善待你的敌人是满足你的虚荣心的最好办法。

30. 不要在世上积攒财宝，因为财宝是好逸恶劳的根源，而好逸恶劳会带来悲哀和烦恼。

31. 要相信别人是清白的，或者会是清白的；若非如此，错不在你。

32. 上帝比人慷慨，他用另一种尺度来衡量人。

33. 把圣物给狗，把珍珠丢在猪前；重要的是给予。

34. 为寻找的愉快而寻找，不要为找到之后的愉快而寻找。

39. 祸福无门，唯人自召。

40. 勿以果实判断树，勿以行为判断人；树和人都可能更坏或更好。

41. 磐石上的建筑是没有的，所有建筑的根基都在沙上，我们的责任是建筑时要把沙当成磐石。

47. 穷不怨尤，富不骄横，那种人是幸福的。

48. 勇敢的人、以一样的心情接受失败和胜利的人是幸福的。

49. 记住维吉尔或基督的话的人是幸福的，因为他们的话会给你的生活带来光明。

50. 被爱的人、爱的人、可以不要爱的人都是幸福的。

51. 幸福的人是幸福的。

传　说

亚伯死后，亚伯和该隐二人又见面了。他们在沙漠里行走，老远就互相辨认出来，因为两人身材都很高大。兄弟二人席地而坐，升起一堆篝火，吃着东西。和日暮黄昏感到劳累的人一样，他们都不做声。天际出现一颗还没有起名字的星辰。在火光辉映下，该隐看到亚伯额头被石块砸破的伤痕，刚拿到嘴边的面包掉了下来，他请求亚伯宽恕他的罪行。

亚伯回答说：

“是你杀了我，还是我杀了你？我记不清了；眼前我们待在一起，和以前一样。”

“现在我知道你确实宽恕了我，”该隐说，“因为忘怀意味着原谅。我也要试图忘怀。”

亚伯缓缓说道：

“正是这样。只要内疚不止，罪责就继续存在。”

祈　　祷

我的嘴曾用我熟悉的两种语言千百次地说过祈祷文，以后也会再说，但我对它只是一知半解。今天，一九六九年七月一日早晨，我想试着说一遍我自己创意而非传统的祈祷。我知道这是一件要求超乎常人的真诚才能做到的工作。首先，我显然不能提出要求。要求我的视力不衰退是痴心妄想；我知道千千万万眼睛明亮的人并不特别幸福、正直、明智。时间的进程是因果联系，因此要求任何恩惠，哪怕是微不足道的恩惠，也就等于要求打断那铁的联系中的因果环节，要求打乱时间的进程。谁都没有指望这种奇迹的资格。我不能请求宽恕我的过错；宽恕是别人的行为，只有我才能拯救自己。宽恕能净化被伤害的人，而不是伤害者，宽恕同伤害者几乎毫不相干。实际上，我意志的自由也许并不存在，但我可以给予，或者在幻想中给予。我可以给予我所没有的勇气；我可以给予与我无缘的希望；我能激起人们学习我自己不太明了的东西的愿望。我希望人们把我当作朋友而不是诗人留在他们记忆之中；希望有谁吟诵邓巴[1]、弗罗斯特[2]或者那个午夜看到淌血的树，看到十字架的人的诗句，想到第一次是从我嘴里听到那诗句的。此外，我什么都不在意；我希望早早被人忘掉。我们不了解宇宙的安排，但是知道清晰的推论和公正的行为将有助于这些不为我们所知的安排。

我愿彻底死去；我望同我的伙伴——我的躯体——一起死去。

---

1 Paul Laurence Dunbar（1872—1906），美国黑人诗人，著有《低微生活抒情》等诗集。

2 Robert Frost（1874—1963），美国诗人，他的诗往往以描写新英格兰的自然风光和风土人情开始，进入哲理境界，有“新英格兰农民诗人”之称，在1924、1931、1937、1943这四个年度里，四次获得普利策奖。

他的结局与开始*

经过临终的痛苦之后，他孑然一身，带着落寞、怅惘和局外人的心情昏昏睡去。他醒来时，周围仍是日常的琐事和环境；他暗忖道，前晚的事不能想得太多，精神顿时一振，不慌不忙地穿好衣服。他在办公室凑合着完成了该做的工作，只觉得像是重复某些烦人的、已经做过的事情，感到有些不快。他仿佛注意到别人老是避开他的目光；也许他们知道他已经死了。那晚他开始做噩梦；梦见什么一点也记不清了，只害怕梦境再次显现。恐惧最终占了上风；横插在他和他想写的稿纸和想看的书之间。字母推推搡搡，挤在一起；一些面庞，一些熟悉的面庞，开始变得模糊不清；人和事纷纷离他而去。他仿佛突然发了狠心似的，他的思想死死地依附着那些变化不定的形象。

尽管看来奇怪，他对真相从没有怀疑；他突然恍然大悟。他明白自己不可能记住梦中见到的形状颜色和听到的声音，那不是梦；是他的现实状况，超越阒寂、视觉，因而超越记忆的现实。他从死去的一刻开始，不停地在毫无意义的形象的旋涡里挣扎，现在的状况更使他惶惑。他听到的人声只是回音；一张张脸都是面具；他的手指成了影子，当然模糊虚幻，但仍亲切熟悉。

他隐隐约约觉得，他应该把这些东西抛到身后；如今他属于这个新的世界，远离过去，远离现在和将来。这个世界逐渐包围了他。他经受了许多痛苦，穿过绝望和荒凉的地区。那些漫游简直难以忍受，因为它们贯穿了他以前所有的感觉、回忆和希望。全部恐怖崭新锃亮地展现在他眼前。他当之无愧地蒙受了天恩，从他死去的一刻开始，他一直在天上。

＊ 标题原文为英文。

读　　者

别人可以为他们写的东西炫耀；
我只为我读过的书自豪。
我成不了语文学家，
我没有弄明白名词变格、
动词式、字母变换，
硬化成“特”的“德”，
以及“格”和“克”的对应，
但是我一生怀有对语言的激情。
充实我夜晚的是维吉尔的作品；
学过和忘了拉丁文是一种拥有，
因为遗忘是记忆的一种形式，

是它模糊的地下室，
是钱币秘密的另一面。
当那些亲切而模糊的形象，
那些书页和面庞
在我眼前消失的时候，
我开始学习
我的先辈们用来歌颂
剑和孤寂的铁的语言，
如今，斯诺里·斯图鲁松，
你的声音
跨越了七个世纪，
从世界的尽头
来到了我的身边。
年轻人读书有精确的课程，
他们追求精确的知识；
我到了这种年纪，
来日无多，
做任何事都是强弩之末。

我吃不透北方古老的语言，
我热切的手探索不到西古尔德的宝藏；
我着手的工作无穷无尽，
将陪伴我到生命的终结，
它的神秘程度不下于宇宙，
我只是末学后进。

影子的颂歌

老年（这是人们起的名称）
也许是我们的幸福时光。
动物已经或者快要死去。
人仍旧活着，还有灵魂。
我周围的东西隐隐发光，
还不是漆黑一片。
布宜诺斯艾利斯，
以前分散为许多郊区，
向无边的平原伸延，
现在重新成为拉雷科莱塔，雷蒂罗，
九月十一日广场的凌乱街道，

和我们仍叫作南区的

老旧破败的房屋。

我一生遇到的事物太多；阿布德拉的

德谟克利特[1]自剜双目，

以便更好地思考；

时间是我的德谟克利特。

我的昏暗发展缓慢，并不痛苦；

顺着斜坡缓缓流动

和永恒相仿佛。

我看不清朋友们的面庞，

妇女们仍是多年前的容貌，

街道可能变了模样，

书页模糊一片。

这一切原应使我惊骇，

但却是回归，让我感到亲切。

世上多少代的书本中间，

我读过的十分有限，

---

1 Democritus（约前460—前357），古希腊哲学家，因嘲笑世人的愚蠢和虚荣，有“嘲笑的哲学家”之称。据说他自剜双目，以便专心思考。

我仍在记忆里阅读，
一边默读，一边琢磨，
东西南北的道路汇合，
把我带到我隐秘的中心。
那些道路是回声，是步伐，
是女人、男人、痛苦、新生，
白天黑夜，
幻想梦境，
昨天的每一个极小的瞬间，
世界所有的昨天，
丹麦人的钢剑和波斯人的弯刀，
死者的动作，
分享的爱，语言，
爱默生，雪，种种事物。
现在我可以把它们统统忘掉。
我到达了我的中心，
我的代数，我的密码，
我的镜子。
我马上就会知道自己是谁。

图书在版编目（CIP）数据
为六弦琴而作 · 影子的颂歌 /（阿根廷）博尔赫斯（Borges, J. L.）著；林之木，王永年译. —上海：上海译文出版社，2016.8（2024.2重印）
（博尔赫斯全集）
ISBN 978-7-5327-7121-9

Ⅰ. ①为… Ⅱ. ①博… ②林… ③王… Ⅲ. ①诗集－阿根廷－现代 Ⅳ. ①I783.25

中国版本图书馆CIP数据核字（2015）第278720号

JORGE LUIS BORGES
Para las seis cuerdas
Elogio de la sombra

图字：09－2010－605号

本书由上海市新闻出版专项资金资助出版

为六弦琴而作

影子的颂歌

JORGE LUIS BORGES
豪尔赫 · 路易斯 · 博尔赫斯 著
林之木 王永年 译

出版统筹 赵武平
责任编辑 缪伶超
装帧设计 陆智昌

上海译文出版社有限公司出版、发行
网址：www.yiwen.com.cn
201101 上海市闵行区号景路159弄B座
上海信老印刷厂印刷

开本850×1168 1/32 印张4.25 插页2 字数22,000
2016年8月第1版 2024年2月第4次印刷

ISBN 978-7-5327-7121-9/I · 4309
定价：45.00元